Tânia Alexandre Martinelli

TUDO O QUE MAIS QUERIA

Ilustrado por Allan Rabelo

Editora do Brasil

Dados Internacionais de Catalogação na Publicação (CIP)
(Câmara Brasileira do Livro, SP, Brasil)

Martinelli, Tânia Alexandre
 Tudo o que mais queria/ Tânia Alexandre Martinelli; ilustrado por Allan Rabelo. –
São Paulo : Editora do Brasil, 2009.
 ISBN 978-85-10-04799-9
 1. Literatura infantojuvenil I. Rabelo, Allan.
II. Título.

09-13310   CDD-028.5

Índices para catálogo sistemático:
 1. Literatura juvenil   028.5
 2. Literatura infantojuvenil   028.5

© Editora do Brasil S.A., 2009
Todos os direitos reservados

Texto © Tânia Alexandre Martinelli
Ilustrações © Allan Rabelo

Direção-geral
Vicente Tortamano Avanso

Direção editorial	Cibele Mendes Curto Santos
Edição	Felipe Ramos Poletti
Coordenação de artes e editoração	Ricardo Borges
Coordenação de revisão	Fernando Mauro S. Pires
Auxílio editorial	Gilsandro Vieira Sales
Revisão	Dora Helena Feres e Edson Nakashima
Design	Janaína Lima
Controle de processos editoriais	Marta Dias Portero

1ª edição / 8ª impressão, 2023
Impresso na Gráfica PlenaPrint

Avenida das Nações Unidas, 12901
Torre Oeste, 20º andar
São Paulo, SP – CEP: 04578-910
www.editoradobrasil.com.br

Para o Jo

Veio de manhã molhar os pés na primeira onda
Abriu os braços devagar... e se entregou ao vento
O sol veio avisar... que de noite ele seria a lua,
Pra poder iluminar... Ana, o céu é o mar

Ana e o mar. O Teatro Mágico.

Coisa melhor não havia. De jeito nenhum.

A areia macia e tão branca, a água engolindo o sol mais adiante e ele ali, de bermuda e camiseta, um vento forte a lhe trazer frio.

Não. Nem vento nem frio. Era a brisa do mar que agora e então e finalmente e... nossa. Eram muitas palavras, muitos *ês*, um exagero. Mas era um exagero o que estava sentindo. Porque só agora estava conhecendo de verdade. O mar.

Os braços entrelaçaram as pernas e as coxas se acostaram no peito. Enterrou os pés na areia úmida, respirou profundamente e sentiu. O perfume. Coisa boa, fala a verdade? Se é, se é...

Quando Carlos Henrique era pequeno sentava-se todas as noites em frente de casa para ouvir o barulho do mar.

Havia um velho banquinho de madeira, uma tábua de apenas um metro de comprimento, rente ao muro que separava a pequena varanda do restante do terreno. Com as costas e a cabeça apoiadas no murinho, Carlos Henrique deixava-se ficar o maior tempo, o maior tempo... os pés só se arrastando pela areia gelada para cá e para lá.

E o barulho suave de mar e vento entrando pelos ouvidos.

Mar e vento...

Vento e mar...

No alto, a lua cheia iluminando tudo. O olhar ficava perdido, perdido. E o pensamento.

Mas era um barulho que vinha de dentro. De dentro dele, pois na verdade não havia mar nenhum. Nenhum.

Carlos Henrique gostava, era um menino sonhador. Então ficava inventando essas coisas de ouvir barulho, de sentir o gelado da areia, o gelado da água... e a boca desenhava um sorriso no meio da brincadeira.

Mas ninguém via nada. Ninguém. Era tudo muito particular. Íntimo.

Carlos Henrique se distraía tanto, mas tanto, que Maria Cândida sempre precisava chamá-lo. Ela abria a portinhola da sala e dizia:

– Entra, Carlos Henrique.

– Já vou. Agora tô ouvindo.

– Ouvindo o quê?

– O mar.

– Que mar, menino?

Carlos Henrique erguia os ombros, pendia a cabeça para um lado. Maria Cândida insistia:

– E desde quando você já ouviu o mar? Já viu o mar?

A resposta na ponta da língua:

— Vi, sim. Na televisão.

— Tá certo, tá certo. Agora vai, entra.

— Agora, não. Tô ouvindo o mar.

— Mas que mar, menino?

— Esse aqui. De dentro.

Maria Cândida dava um suspiro. Fundo. Para um menino de quatro anos, ele inventava demais. Então, deixava Carlos Henrique caraminholando mais um pouco até que, enjoada pela demora, vinha de novo, dessa vez dando ordem. Ele obedecia, já perdera a concentração mesmo!

Agora já não havia mar nenhum.

A MANSÃO

Se quisesse, o mar seria só dela.

E era isso o que acontecia nos meses de inverno, quando a praia ficava deserta e o deserto fincava doído no coração.

Entretanto, não era isso o que Luana queria. Talvez até fosse, mas só bem no comecinho, no princípio de tudo. Não agora.

Tudo o que mais queria era. Já tinha escrito assim num caderno, várias vezes até, feito título de redação. Tudo o que mais queria era ponto. Dois-pontos. E a lista ficava difícil de sair.

Tinha gente, sabia, que ia encher linhas e linhas, parágrafos inteiros despejando vontades. Mas acontece que Luana não tinha páginas de desejos. Não dava tempo de desejar. E se havia algum lá dentro, lá muito escondido, só foi entender mais tarde.

Sílvia e Leandro compraram a mansão quando Luana era ainda bem pequena, praticamente um bebê.

– Que maravilha, Leandro! – a mãe rodopiava de braços abertos. Ah, que beleza.

– Você gostou mesmo?

– Se gostei? Nem tenho palavras! Quanto custou tudo isso?

– Nada que eu não pudesse, fique sossegada.

– Nossa... Pensou nós três aqui? Eu, você e a Luana? Que maravilha, Leandro!

– E a babá.

– Claro, Leandro. E a babá, os empregados, mas eu estou falando...

– Espera um pouquinho, meu bem.

Quando o celular foi arrancado do bolso, Leandro já se encontrava a uma certa distância. Mas Sílvia não deu a mínima, estava acostumada a essas interrupções.

Extasiada, novamente girou, leveza de bailarina.

– Puxa...

Clarice segurava Luana no colo em frente à imensa porta de vidro. A sala principal ficava no piso superior e se estendia por praticamente toda a largura do terreno.

O mar na cara a perder de vista.

– Viu a praia, Luana, que linda?

Luana não respondeu. Pelo menos, não com palavras. Agitou as perninhas e as mãos espalmadas bateram no vidro.

A babá se afastou, deixando a paisagem para trás. Caminhou até o meio da sala onde a patroa embevecia-se.

– Parece que ela gostou – observou Clarice, os olhos na pequena.

– É, parece. Mais tarde você leva a Luana para dar uma volta. Agora não, o sol ainda está muito forte. Também precisamos saber se essa praia é mesmo limpinha. Será que o Leandro verificou tudo isso antes da compra? Ah! Vamos deixar para pensar nisso depois. Que vista mais linda, não, Clarice? Que lugar perfeito! O Leandro tem mesmo muito bom gosto, isso eu tenho de reconhecer.

Clarice se retirou, não sem antes concordar tintim por tintim com tudo o que a patroa falava. Foi mostrar à Luana os outros aposentos. E como tinha naquela casa.

Mas Luana não queria nem saber. As pernas se agitando, os braços esticados apontando o vidro, um gemido rouco saindo da garganta. Será que ninguém entendia, puxa vida?

– Agora não, Luana. Você ouviu o que a mamãe falou. Agora, não.

E o mar ficou lá fora, esperando por ela.

E os coqueiros balançando, o sol indo e voltando conforme as nuvens permitiam, o perfume e a brisa invadindo a mansão recém-aberta.

E o horizonte que depois avermelhou.

Tudo esperando.

Até que ela cresceu e ninguém mais conseguiu carregá-la de lá se não quisesse.

Era seu aquele mar.

A SACOLA

Carlos Henrique tinha completado sete anos. Estava sentado no chão da sala quando bateu o olho e viu.

Que estranho.

Deslizou duas vezes o carrinho para frente e para trás e rapidamente a mão soltou, num último impulso. Levantou-se, indo até o brinquedo. Sentou. Perto do pai e da mãe. Perto daquela sacola de roupas que Maria Cândida segurava. Muito estranho. Aonde é que ela ia?

– Sabe que eu não sou mole nem nada, né, Zé Antônio?

– Claro que eu sei.

– Mas eu tô com medo. Muito medo, viu?

– Ah, Maria Cândida, vai dar tudo certo!

– Será?

– Será. Olha, lembra quando você foi pro hospital ganhar o Carlos Henrique? Estava cheia de coragem.

– É. Eu estava.

– Já tinha o nome na cabeça antes mesmo de saber se era menino.

– Nome de rei.

– E tem rei com esse nome?

– Isso já não sei, mas não parece? Vê bem.

– Hmm...

– Você queria Cândida, lembra?

– Verdade. Eu falava: que tal Cândida, sem o Maria? A gente pode chamar de Candinha, olha que bonito. Mas aí você jurava que era menino...

– É. Eu lembro. Só que agora, Zé Antônio...

– Não chora, Maria Cândida, não chora!

Maria Cândida deixou a sacola de lado e os dois grudaram no abraço. De despedida.

– Nunca mais vai ter Candinha, nunca mais! – lamentou, chorosa.

– Não tem importância – consolou Zé Antônio. – A gente já tem o nosso rei.

Carlos Henrique arrancou uma das rodinhas do carrinho e atirou longe. Fez barulho ao encontrar a cristaleira. O pai soltou a mãe e ambos olharam para baixo. Até que enfim percebem o menino.

– Que é isso, Carlos Henrique? Podia ter quebrado o vidro! – repreendeu Zé Antônio.

Maria Cândida se abaixou para falar com ele:

– Vou ficar fora uns dias, meu filho. Não demora nada, viu, Carlos Henrique? Você vai dormir uma noite, depois outra e quando acordar já estou de volta. Pode marcar ali, naquela folhinha pregada na parede.

Maria Cândida deu um beijo demorado no filho. Ele esticou os braços envolvendo o pescoço da mãe. Beijou. Maria Cândida falou tchau. Carlos Henrique também.

O HORIZONTE

– Corre, Clarice! Corre!

– Calma, calma!

Clarice bem que tentava. Vinha atrás meio atrapalhada, descendo as escadas da propriedade, sobraçando sacola, baldes, pazinhas, peneiras, forminhas e tantos outros apetrechos.

Seguindo as duas, o caseiro carregando cadeira e guarda-sol. O filho mais velho vinha junto.

– Deixa que eu levo pra senhora – e o rapaz foi oferecendo as mãos, os passos acompanhando o ritmo acelerado da mulher.

O olho da Clarice lá na frente, na menina. Ela parou um instante.

– Ah, que bom. Leva esses brinquedos aqui, o restante deixa comigo. Toda vez que a gente chega essa menina desembesta de um jeito que não dá nem tempo.

– Criança gosta de praia – falou o caseiro.

– Que nem essa aí? Tô pra ver.

Clarice escolheu o lugar e Sebastião fez buraco, fincando na areia o cabo do guarda-sol. Olhou para cá, olhou para lá, acertou a melhor posição. O filho abriu as cadeiras, pôs os brinquedos na esteira e esperou pela pergunta do pai.

– Tudo em ordem, dona Clarice?

– Tudo, Sebastião. Obrigada. Depois eu chamo para recolher as coisas. Agora preciso ver essa menina. Olha lá! Já foi molhar os pés. O bom é que a Luana não entra no mar sem mim.

– Ainda bem, né?

– Eu vou até lá.

Luana mantinha os olhos perdidos no horizonte. De vez em quando olhava para baixo ao sentir uma onda gelar seu tornozelo. O breve arrepio era um misto de surpresa e alegria.

Como seria lá na frente, depois do horizonte?

– Ai que água mais gelada, Luana do céu!

– O que tem lá na frente, Clarice? – apontou.

– Ah... tem mar.

– E não acaba?

– Acabar acaba, só não sei onde.

– Sempre que venho aqui eu penso nisso.

– Nisso o quê?

– Onde é que está o fim. Se está logo ali ou muito, muito mais além.

Clarice arqueou as sobrancelhas.

– Muito estranho uma menina de sete anos pensar nessas coisas.

– Estranho, por quê?

– Porque sim, ora essa! Vamos lá brincar, vamos. O Sebastião já aprontou tudo, o sol hoje está de lascar.

– Eu gosto do sol. E do mar. Principalmente do mar.

– E eu não sei? Só não sei para quem puxou, o seu pai e a sua mãe nem descem aqui na praia.

– É. A mamãe prefere a piscina e o papai... bom, até que às vezes ele entra na piscina.

– Quer saber, Luana? Hoje eu decidi que vou fazer um castelo muito, muito maior que o seu.

– Duvido!

– Duvida? Então vai ter que pagar pra ver! Já tô subindo, já tô subindo...

– Espera aí, Clarice! Assim não vale!

– Corre Luana, corre!

O ÚTERO

Tinha hora que o mar de dentro ficava manso.

Suave, ondinhas mínimas, quase imperceptíveis. Vento praticamente nenhum, só uma brisa refrescante.

Tinha hora que não. Depende. Depende do que lembrava.

Numa certa manhã, o melhor amigo apareceu na classe contando a novidade:

– Minha mãe tá grávida.

– Ah, é?

– É.

– Legal.

Carlos Henrique prestou mais atenção no amigo. Enxergou alguma coisa diferente no olho dele.

Então, disse a frase de outra maneira:

– Legal?

– Sei lá. Que você acha?

Carlos Henrique ergueu os ombros, a cabeça pendida.

João Paulo rematou:

– Agora não vou mais ser filho único que nem você.

– E daí? A gente não vai continuar amigo por causa disso?

– Vai. Mas não vai mais ser irmão.

– Ué? Por quê?

– Agora vou ter um irmão *mesmo*, de verdade. Vou ter que chamar ele de irmão, falar pros outros, esse é *meu* irmão...

– Ah... Fica com dois, qual o problema?

– Sei lá.

Silêncio.

Carlos Henrique ficou matutando, matutando, até que perguntou:

– Você acha que uma mulher pode viver sem útero?

– Sem o quê?

– Útero. Nunca ouviu falar, não?

– Ahnn... é claro que já.

– Então?

– Então o quê?

– O que você acha?

– Do útero?

– Ô, João! Você sabe ou não sabe o que é útero? Não mente.

– Tá bom. Explica.

– É o lugar onde fica o nenê.

– Que eu saiba, quando eu era nenê, ficava no berço.

– Como você é bobo, João! Antes do berço, antes, na barriga da mãe, entendeu?

– Ah... Não sabia que a barriga tinha nome de útero também.
– Não é também, João! É dentro, dentro da barriga!
– Ah, agora entendi.
– Então, o que você acha?
– Que é que você perguntou mesmo?

Carlos Henrique expeliu o ar de uma só vez.

– Perguntei se você acha que uma mulher pode viver sem útero. Foi isso.
– Ahnnnnn...

O garoto fez pinta de quem daria uma resposta importante. Carlos Henrique ficou atento. João Paulo era seu melhor amigo e sua opinião, cheia de significado.

Demorou, mas começou:

– Bom, se a minha mãe tá grávida e meu irmão tá lá nesse lugar que você falou, o tal do útero, acho que por enquanto ele não ia conseguir viver fora de lá, não é mesmo?
– Ai, João! Não foi isso o que eu perguntei!
– Então, eu não entendi o que você perguntou.
– Eu perguntei... – Carlos Henrique deu um suspiro. – A minha mãe não tem mais útero, João. Será que pode ficar sem?

O COMPROMISSO

Sílvia estava ao telefone quando Luana apareceu.
– Por que não, Leandro?
Luana escutando.
– Mas, Leandro, você tinha prometido...
Ainda ali.
– Eu sei, eu entendo, só que você prometeu... escuta, posso falar tudo primeiro?
Prestando atenção.
– Eu não quero ficar sozinha aqui.
– ...
– É modo de dizer, Leandro, modo de dizer. Você entendeu muito bem, não se faça de ingênuo. Eu pensei que esta seria a *nossa* casa de férias, a *nossa*. Você compreendeu, Leandro?
– ...

– Mas eu não quero relaxar sozinha, quem disse para você que era isso o que eu queria? Você me perguntou antes por acaso? Desse jeito, prefiro voltar para São Paulo.

– ...

– Não sou maluca, não, senhor. Eu ando é enjoada, muito enjoada! Esqueceu o combinado? Fico em Juquehy durante a semana e depois você desce para passar o sábado e o domingo com a família. Eu sei, Leandro, eu sei, mas... espera um pouco. Espera, eu disse. O que é que você quer, Luana?

Luana balançou a cabeça de um lado para o outro.

– Fala.

– Não é nada.

– Então me deixa terminar a conversa com o seu pai, sim?

– Ele não vem?

– Parece que tem trabalho, essas coisas.

– Mas ele prometeu.

– É, eu sei.

– E se ele prometeu devia cumprir.

– É, eu sei. Quer saber, Luana? Toma. Conversa você com seu pai que eu já desisti. Vou pra piscina. Tchau.

Luana segurou o telefone e conforme foi aproximando o aparelho do ouvido escutou a voz do pai:

– Sílvia! Você quer fazer o favor de falar comigo? Pensa que eu tenho todo o tempo do mundo? Sílvia!

– Sou eu, pai.

– Oi, minha florzinha! Cadê a mamãe?

– Deu o telefone pra mim e foi pra piscina. Disse que desistiu.

O pai soltou uma gargalhada.

– Brincadeira dela, filha. Do que é que ela poderia ter desistido? Brincadeira dela.

– Por que você não vem?

– Por que estarei ocupadíssimo nesse final de semana. Preciso acompanhar três obras gigantescas, verificar se está tudo caminhando, sabe como é.

– E você não pode fazer isso na segunda-feira?

– Não, não, de jeito nenhum. Na segunda-feira já tenho outras prioridades, uns problemas para resolver, duas reuniões agendadas... ainda hoje tomo o avião direto para...

– Tá bom. Tchau, pai.

– Tchau, filhinha. Um beijo grande pra você.

– Outro.

– E, olha... quando menos esperar já estarei aí. Fim de semana que vem, prometo.

AS ONDAS

O barulho do mar estava forte.

O vento agitava as ondas num grande rebuliço. Mal vinha uma, já vinha outra por cima e *splash*!, jogava-se com tudo na areia dura, bem na beiradinha da praia.

Nossa! Quase pegava o menino se ele não fosse bem esperto e corresse ligeiro. Mesmo assim, sentia nas costas os respingos que as ondas mandavam. Ou eram os próprios pés que, na corrida, jogavam água para cima.

Então, Carlos Henrique recobrava o fôlego e parava mais longe, lá no comecinho da praia. Respirava e respirava até o coração acalmar. Depois, ficava só ouvindo. A maior concentração.

O mar estava bravo. Era um bater em pedras, quebrar, requebrar, um ir e vir o tempo inteiro. Tudo dentro dele. Aquela mexida.

No céu, a lua cheia. Alta. Brilhante. Gorda. Mais que tudo, bonita. Era ela que clareava tudo.

Aquela terra batida que ele sonhava areia.

O balanço das folhas que ele sonhava tempestade.

O horizonte que ele sonhava onda.

Os pensamentos.

Carlos Henrique lembrou-se do dia em que a mãe voltou do hospital. E também da folhinha na parede, o calendário pendurado perto da geladeira. Ela que mandou riscar, lembra? Uma noite dormida, duas noites dormidas e pronto, ela já estaria de volta. A Maria Cândida.

Zé Antônio entrou em casa de braço dobrado, o braço da Maria Cândida buscando sustentação. Andavam devagarzinho, devagarzinho.

– Oi, filho! Que saudades eu senti de você!

Carlos Henrique abriu um sorriso e correu abraçá-la.

– Cuidado, viu, Carlos Henrique? – Zé Antônio pôs uma das mãos no ombro do menino, como que segurando. Ele brecou. – A sua mãe fez uma operação e precisa de repouso, tudo muito delicado, tá? Lembra que eu já expliquei isso pra você?

É, ele explicou.

– Ah! Pode deixar, Zé Antônio! – e Maria Cândida desenganchou o braço do braço do marido, mantendo os dois estendidos à espera do filho.

Abraço gostoso. Abraço apertado.

Logo em seguida, Carlos Henrique afastou o rosto, perguntando para a mãe:

– Tá doendo?

– Só um pouquinho. Mas vai passar logo, o médico disse.

– Por que você fez operação?

– Porque precisava, por isso. Às vezes, o nosso corpo fica com alguma parte meio ruinzinha...

"Ruinzinha?"

– ... e o médico tem que tirar, sabe?

"Tirar?"

– Tirar uma parte? – o olho grande na mãe.

– É. Às vezes, precisa – Maria Cândida respondeu.

Carlos Henrique ficou pensando em como é que alguém poderia ficar sem uma parte do corpo. A única coisa que já tinham tirado dele mesmo era o cabelo, ainda assim porque a mãe dava um pega de vez em quando. Sem contar o cabelo, desconhecia outra parte que não fizesse falta.

Deu mais uma olhada, conferindo bastante. Minuciosamente. Parecia que não faltava nada, tudo no lugar como antes.

– Que parte você tirou?

– O útero.

Carlos Henrique franziu as sobrancelhas.

– E onde fica isso?

– Aqui – ela mostrou com a mão. – Dentro da barriga. É o lugar que você ficou até nascer. É nele que os bebês ficam os nove meses antes de vir pra este mundo.

– Ahnnnn...

Carlos Henrique deu um último beijo na mãe, ela precisava de repouso, o pai repetia isso outra vez.

Zé Antônio dobrou o braço novamente, Maria Cândida enganchou o dela e então os dois recomeçaram a andar devagarzinho até chegarem ao quarto.

Maria Cândida se sentou na cama e depois deitou. Tudo devagar. Muito.

Carlos Henrique ficou espiando. Nunca tinha visto a mãe tão lenta. Nem parecia a mesma mãe que vivia correndo atrás dele o dia inteiro.

Coisa mais louca ter uma mãe andando pela casa feito tartaruga.

O IRMÃO

– Por que você não tem filho, Clarice?

– Eu?

– E tem outra Clarice aqui por acaso?

– Ah, Luana, eu ainda nem me casei...

– Então casa.

– E o príncipe?

– Que príncipe?

– O que eu ainda não encontrei.

– Você jura que tá esperando um príncipe?!

Aí veio a gargalhada, solta e gostosa.

– Brincadeira, minha querida.

– Ah, bom. Mas você ainda não me respondeu.

– É simples. Eu não tenho filho porque ainda não me casei, porque eu ainda não encontrei a pessoa certa e porque eu não gostaria que meu filho tivesse uma mãe e não tivesse um pai morando junto. Quem sabe eu ainda encontre a pessoa certa, eu me case e aí tenha um filho. Uma família, no meu jeito de ver, tem que ser assim.

– Igual a minha mãe, meu pai e eu?

– Isso!

– Isso nada, Clarice. Você é boba?

– Ué! Boba por quê?

– Minha mãe encontrou a pessoa certa, casou, eu nasci e moro com eles dois.

– E é isso mesmo. Uma família. Um pai, uma mãe e uma filha.

– Que nunca estão juntos!

– Bom...

– Sabe o que eu falei pra minha mãe ontem?

– O quê?

– Ela estava deitada ao lado da piscina, tomando sol. Eu fui até lá e chamei. Ela falou um ahn e empurrou o chapéu pra me enxergar direito. Ficou me olhando. E eu fiquei olhando. Aí ela disse: o que você quer, Luana? E eu respondi: um irmão. Pode ser irmã. Melhor.

– Você falou assim? Desse jeito?

– Falei.

– E o que foi que ela respondeu?

– Sentou depressa, ajeitou o cabelo bagunçado, tirou os óculos escuros, me encarou. Credo, parecia que eu tinha falado um absurdo, minha mãe é sempre tão exagerada!

– E...

– E não. Não quer saber, "nem pensar, ficou louca da cabeça, menina?, seu pai quase nem passa o tempo com a gente e...".

– E...

– E só. Ficou quieta.

– Luana, minha querida. Eu entendo sua mãe e entendo seu pai também. Ele é um homem muito ocupado, dá a vida pela família...

– Clarice...

– Luana, um homem como o seu pai, profissional respeitado, importante mesmo, nossa!, tanta gente gostaria...

– Mas eu não! Eu não, Clarice!

– Você ainda não entende dessas coisas. Quando crescer e ficar adulta, vai ver...

– Não vou ver nada! Quer saber? Eu vou subir, que já enjoei de fazer castelo. Chega, chega, chega – e, num impulso, foi se levantando, pisoteando a propriedade recém-construída.

E deixou a praia uma Luana furiosa que de vez em quando teimava em aparecer.

A CULPA

O barulho era intenso.

Nossa, se era. Barulho de mar batendo nas pedras querendo explodir, jogar água para tudo quanto é lado. Muito bravo ele estava. Furioso. Dava até medo.

O menino tomou distância. Ficou bem seguro na areia da praia e nem desceu para a beiradinha.

Lembrou que a mãe estava triste no almoço de domingo, ele tinha percebido. Não compreendera direito o motivo, mas agora uma sensação esquisita vinha tomar conta.

Quando as visitas se foram, e as visitas eram os tios, irmãos de Zé Antônio, Carlos Henrique ouviu Maria Cândida dizendo assim:

– Você viu, né, Zé Antônio. A família toda é bem grande. Sua irmã tem os quatro; o seu irmão, os três; eu que nem tenho irmão e agora só mesmo o Carlos Henrique.

– Que é que tem?

– Tem que agora fica todo mundo me culpando.

– Ninguém tá culpando você não, Maria Cândida! Deixa disso!

– Mas eu tô me sentindo assim! Aquele monte de criança na família e nós dois só com uma.

Só com uma. Nós dois.

Era esse pedaço da conversa que mexia com o menino. De novo aquele mar bravo batendo no peito, como se seu peito fosse rocha.

Será que Maria Cândida se sentia culpada porque só tinha um filho? Ou porque queria ter mais de um? Ou porque estava com ciúme das cunhadas que tinham quatro e três e somando tudo dava sete? Ou porque...

– Por que a culpa é minha? – a pergunta escapuliu da boca do menino num susto.

Carlos Henrique engoliu em seco. Baixou a cabeça, raspou os dois pés naquela terra batida, esparramando para os lados um pozinho vermelho e fino, mais fino que areia.

Fez isso inúmeras vezes.

Depois, entrou.

CASTELOS DE AREIA

Todo o castelo era habitado por uma única princesa.

Palavra horrível "habitado", achou logo de cara. Riscou.

Uma única princesa morava no castelo.

Ah, sim, bem melhor. E foi testando outros verbos no lugar. Vivia, estava, ficava, brincava, corria, entristecia, chorava, lamentava-se, lamentava-se muito, lamentava-se imensamente...

Sem querer tinha mudado a palavra. E agora Luana ficava desse jeito, num lamento, numa lamúria sem fim de dar dó.

Da varanda da sala, banho tomado, de cabelo penteado, vestido florido e chinelo no pé, Luana mirava o horizonte, imaginando alguma coisa lá. Ou depois de lá.

Por que pensava tanto nisso? O que é que poderia mudar se descobrisse? O coração?

De repente, avistou.

Era final de tarde, mais um instantinho, começo de noite, a praia quase vazia, pelo menos no pedaço em frente à sua casa.

Quem era ele?

Ia descendo as escadas, as escadas da sua casa, veja só!

Luana levantou-se da cadeira num pulo instantâneo e foi até o parapeito.

– Ei!!! – arrancou da garganta um belo grito.

O menino olhou, surpreso, vacilante, estremeceu, ai meu Deus, subia tudo de volta ou corria pela praia de uma vez?

Permaneceu assim num sobe-não-sobe ou num desce-não-desce, o que dá na mesma em circunstâncias como essas.

Resolvido. Correu.

– Ei! Espera!

Não esperou.

Luana também resolveu. Foi atrás. Cruzou com Clarice na sala do piso inferior.

– Aonde vai com tanta pressa, posso saber?

– Já volto. Vou à praia.

– Mas você acabou de tomar banho, Luana! Vai melecar tudo de areia!

– Não tem importância!

E só.

Luana jogou os chinelos na grama e foi descendo os degraus de dois em dois. Uma pressa! Alcançou a areia. Parou. Olhou para um lado e para o outro mais de uma vez. Uma aflição! Que coisa. Como é que ele poderia ter desaparecido de repente?

Olhou para cima e viu Clarice no jardim, no comecinho da escada.

– Você viu ele? – perguntou.

– Ele quem?

– O menino! Eu vi, descendo essas escadas, mas quando eu chamei, saiu que nem doido pela praia. Perdi ele.

– Menino... menino... – Clarice foi dizendo para si mesma, a memória trabalhando. – Será que é o filho do Sebastião?

– Do Sebastião? Claro que não, né, Clarice. O filho do Sebastião é moço e eu já conheço. Esse era um menino.

– Não! – Clarice balançou a cabeça mais de uma vez. – Estou falando do filho mais novo, o caçulinha.

– Mais novo?

– É. O Sebastião tem um filho mais ou menos da sua idade.

– E como é que eu nunca vi?

– Ah, minha querida, o Sebastião é um empregado muito discreto. Ele é que não ia deixar criança brincando pra cá e pra lá e então perturbar o sossego dos seus pais.

Luana deu um suspiro fundo. Os olhos arregalados pareciam duas jabuticabas maduras.

– Perturbar o quê, Clarice?

– Os seus pais. Eles vêm aqui para descansar, para...

– Perturbar o quê, Clarice?

– Luana! O que é que deu em você? Não está me ouvindo direito?

Mas Luana estava. Tinha engasgado na palavra nem sabia direito por quê. Seria difícil desengasgar aquilo.

– Perturbar o quê, Clarice? – e foi subindo as escadas. – Perturbar o quê, Clarice? – e foi passando, pisando duro. – Perturbar o quê, Clarice? – e pegando o chinelo e se mandando dali.

Clarice acompanhou-a com os olhos.

– Que é que deu nessa menina?

O MONSTRO

Foi o sonho mais esquisito do mundo.

Carlos Henrique avistou um navio. E um barquinho na beira da praia que o esperava para levá-lo até lá. Os marinheiros já estavam impacientes com o menino.

– Vamos, vamos, temos pressa, muita pressa.

O menino foi andando mais rápido até alcançar o mar. A água passando da cintura já, quase no peito. Um gelo. Ficou arrepiado, mas mesmo assim.

Os marinheiros puxaram Carlos Henrique para dentro do barco. Depois, ligaram o motor e partiram.

O navio, pequenininho de longe, era enorme de perto. Nunca tinha visto coisa tão grande. Isso era o que ele pensava na sua santa inocência, pois no momento ainda não tinha acontecido o que estava para acontecer.

Mas o espanto maior não foi esse. Foi o nome. Maria Cândida. Estava lá, no casco do navio, escrito com letras enormes também. Tudo combinando no tamanho, tudo proporcional.

– Maria Cândida? Que engraçado.

Os marinheiros foram os primeiros a deixar o barco e aí ajudaram o menino a subir.

Carlos Henrique, já no navio, olhava para cima, para baixo, para todos os lados. Um deslumbre.

Estava achando tudo muito grandioso e lindo e maravilhoso. Nem conhecia tantas palavras para expressar o que sentia, mas achou que grandioso, lindo e maravilhoso até que expressavam bem.

Mostraram a ele todas as partes, falaram nomes como mastro, leme, bússola, âncora, proa, popa, bombordo, estibordo e ainda bem que foram explicando tudo porque Carlos Henrique não tinha com ele nenhum dicionário para procurar o significado.

Carlos Henrique não tinha mais nada com ele. Era só ele. E o mar. E a lua cheia iluminando tudo.

De repente, um solavanco. Brum!!! Todo mundo foi para frente e para trás por causa do impacto. Teve gente que caiu. Em seguida, outro. Parecia que vinha de bem debaixo dos seus pés, era incrível isso.

– O que é que tá acontecendo? – perguntou Carlos Henrique ao primeiro a passar numa corrida desenfreada.

– É ele! – ouviu do marinheiro que nem parou para responder.

Outro passou.

– O que é que tá acontecendo? – perguntou de novo, mas este, assim como o primeiro, também deu resposta corrida.

– É ele!

Quando ia passar o terceiro marinheiro, num reflexo Carlos Henrique agarrou-o pela camisa.

– Alguém pode me explicar o que é que tá acontecendo?

– É ele!

– Mas ele quem?

Ufa! Dessa vez conseguiu perguntar a pergunta toda, pois agarrara a camisa do marinheiro muito bem agarrado.

O rapaz respondeu:

– O monstro.

– Monstro?

– O monstro que ataca todas as embarcações que passam por aqui.

– Então por que é que nós passamos por aqui?

Boa.

– Sempre há a esperança de que alguém vá conseguir passar. Agora, solta a minha camisa que eu preciso ajudar os marinheiros. Quero dizer, preciso ajudar a mim mesmo.

Carlos Henrique soltou. Ficou boquiaberto. Bobo. Ai se arrependimento matasse! Ai, ai.

– Corre, menino! – outro alguém passou, agora puxando Carlos Henrique pela camiseta a fim de também tirá-lo dali.

Enxergou nos olhos do marinheiro o desespero. E então se desesperou também porque olhou para trás e viu. Coisa maior não havia. Não mesmo. O navio, que era enorme, ficou assim ó, pequenininho.

Viu o primeiro tentáculo passar por cima da sua cabeça, dar um mergulho e agarrar por baixo a parte direita do navio. Bem na direção do nome, parecia. Em cima do Maria, talvez. Ou então de Cândida. Quem sabe não sobrasse rastro de Maria Cândida. Nada. Mas o que é que ele poderia fazer? O quê? Não tinha ideia.

Viu o segundo tentáculo agarrar a parte esquerda. Viu o terceiro e o quarto se dividirem para fazer a mesma coisa. E o quinto e o sexto. E o sétimo e o oitavo não viu porque a essa altura já tinha corrido para algum lugar que ficasse bem longe da vista daqueles olhos gigantescos olhando para baixo. E para ele.

Aquela boca babenta. Aquela pele babenta. Aquele ser gosmento por inteiro. Deveria ser mole e gelado, mas ele é que não colocaria a mão para conferir.

O polvo gigante foi abraçando apertado o navio. *Crec*. Abraçando, abraçando, abraçando... Espremendo, espremendo, espremendo...

Houve gritaria.

– Marinheiro ao mar! – um gritou. E tchum.

– Marinheiro ao mar! – outro gritou. E tchum.

– Marinheiro ao mar! – e mais um. E tchum.

Puxa vida! Daqui a pouco acabou marinheiro e só mesmo Carlos Henrique.

Ele e o navio (já quase destruído de tanto abraço).

Ele e o polvo gigante (mais babento e mais gosmento ainda).

E agora?

Como é que faria para salvar a Maria Cândida?

A PRINCESA

Uma única princesa morava no castelo.

E a única princesa era mais única do que nunca. E mais do que nunca estava enjoada da pouca gente do castelo. Quer dizer, nenhuma gente.

Mas, se era nenhuma, então quem é que fazia tudo? Quem cuidava, arrumava, tomava conta? Uma princesa tem muitas necessidades.

E quem disse que era isso o que ela queria? Estava pouco ligando para essas tolices, pouco ligando!

Tudo o que mais queria era ponto. Dois-pontos. Porcaria. Tinha engasgado outra vez na palavra. Que coisa!

E foi nesse instante, no momento exato em que Luana tentava a todo custo encontrar um complemento, ou seja, esforçava-se para descobrir de uma vez por todas o que tanto ela mais queria, que de repente o pensamento da menina se desconcentrou, fugiu e, independentemente da vontade dela, foi pensar em outra coisa.

Então reparou bem. O quarto. Vazio e silencioso como nunca. Prestou mais atenção. O castelo. Completamente vazio e silencioso como nunca.

Ora, isso não era uma coisa muito possível, convenhamos, princesa nenhuma fica sozinha num castelo imenso, todo mundo sabe disso.

Mas acontece que ficou.

A menina levantou-se da cama, pé ante pé, e foi abrir o vidro da janela.

Era noite, tudo escuro lá fora e também um vento, nossa, mas que vento! Pois bem. Foi ele quem levantou a camisola curta da Luana, ao mesmo tempo em que lançava para trás os cabelos da menina.

– Vuuummmm!!! – até fazia barulho o danado.

Com bastante esforço, Luana esticou o pescoço para fora. Olhou para baixo, para os lados, até para cima olhou. Grudou as mãos em concha ao redor da boca e emitiu um som no máximo volume que pôde:

– Eeeeeiii!!!

Silêncio. O grito foi e voltou sem resposta.

Aí bateu o desespero. Foi uma luta fechar a janela, uma vez que o vento era muitíssimo forte. Tão logo conseguiu, virou as costas e passou correndo pela porta e pelas escadas tal qual uma completa maluca.

Foi chamando, chamando, ninguém ouvindo, ninguém na sala ou na cozinha ou no banheiro ou em qualquer outro lugar, tudo imensamente vazio, sem alma viva. Uma escuridão.

Agora, sim, tinha reparado. Mas no quarto... não, não sabia mais, ficara confusa de repente. Ao sair, a luz estava acesa ou apagada? Haveria uma chave geral desligando tudo? Alguém botando o dedão enorme no interruptor, assim, só para assustar?

Foi dando um gelo na espinha. Um desespero, para ser mais exato. Tentou acender a luz, vã tentativa. Procurou a porta, quase bate a cabeça, mas ainda bem. Forçou. Nada de abrir. Forçou mais de uma vez, diversas. Nada, nada. Sentiu-se exausta. Colou suas costas no vidro, a respiração ofegante, os olhos olhando tudo à medida que a vista acostumava-se ao escuro. Olhando tudo, não, o nada, quero dizer, porque era nada que havia ali.

Por que estava sozinha? Por que o deserto? Deserto que doía, machucava, feria tão e tão fundo, fincando feito um arpão no alvo. No centro, no seu centro, pobre corpo da menina, pobre coração.

Luana quis sair dali, aquela sala parecia-lhe mal-assombrada. Vai ver porque era muito grande. Mas tudo naquele castelo era muito grande e sempre tinha sido a vida inteira. Pois então?

Subiu as escadas, os pés descalços no piso frio, o frio chegando aos tornozelos, joelhos, pernas, quadris, cintura, peito. Tudo tão frio, pensou, um gelo no coração que não ia embora nunca mais.

Voltou ao seu quarto e experimentou abrir uma pequena fresta da janela. O vento tinha sumido. Abriu outro tanto, colocou a cara para fora, mas não gritou. Mais conformada, só olhou. Tentou enxergar um pouco do horizonte, o quanto a luz da lua permitia. Enxergou pouco. O horizonte estava longe, muito longe. Não via e não alcançava. E não entendia.

– O que tem lá na frente, Clarice?

– Ah... tem mar.

– E não acaba?

– Acabar acaba, só não sei onde.

Onde está o horizonte, Clarice? Onde está? Onde? Onde?

A CONVERSA

Carlos Henrique andava quieto. Maria Cândida notou que algo deveria estar acontecendo com o menino tagarela que inventava coisas sem parar.

Na hora da lição, ela foi até a mesa da cozinha e se sentou ao lado dele. Carlos Henrique continuou concentrado. Maria Cândida também.

– Que foi? – ele perguntou depois de um minuto.

– Só estava pensando...

Como ela não dizia nada, Carlos Henrique continuou a fazer as contas de Matemática. Só que a Maria Cândida não parava de olhar para ele. Que estranho.

– Que foi, mãe? – Carlos Henrique largou o lápis em cima do caderno. – Eu não fiz nada errado.

– Eu sei. Mas anda muito quietinho. Por quê?

– Vou saber?

– Escutei você se mexendo a noite inteira, feito uma minhoca.

Carlos Henrique riu.

– Minhoca não faz barulho.

– Ah, mas esse minhocão aí fez, que eu escutei.

Silêncio.

– Acho que foi por causa do sonho...

– Que sonho?

– Um sonho de monstro.

– Andou assistindo a filme de monstro?

O rosto do menino se iluminou:

– Sabe aquele do Capitão Nemo e o polvo gigante?

– Que eu saiba você não tem medo de monstro.

Carlos Henrique tornou a ficar sério.

– Mas desse eu tinha.

– E por quê?

– Porque ele ia esmagar a Maria Cândida!

– Hã?

– Bom, Maria Cândida era o nome do navio.

– Então, quer dizer que um monstro ia me esmagar?

– Ia, sim. Ele começou a apertar, a apertar... Sabe os tentáculos?

Maria Cândida balançou a cabeça, afirmativamente. Sorriu. Colocou sua mão por cima da dele e deu um apertãozinho leve.

– Foi só um sonho.

– Eu sei.

Carlos Henrique pegou novamente o lápis de cima do caderno e voltou à lição. Ainda tinha uma porção de contas para resolver. Com os cotovelos sobre a mesa e as mãos unidas, Maria Cândida apoiou o queixo. Ficou quieta, observando.

– Você já sarou da operação?
– Da operação?
– É.

Maria Cândida tirou o lápis da mão do filho. Num gesto delicado, ergueu o rosto do menino até que o olho de um enxergou o olho do outro.

– Por que foi se lembrar disso agora? Já faz tempo.

Carlos Henrique ergueu os ombros. Maria Cândida falou:

– Um dia eu lhe expliquei que às vezes o médico precisa tirar do nosso corpo uma parte que está doente. Não expliquei?

– Explicou.

– Isso acontece. O nosso corpo não pode ficar com um órgão que não esteja bom. O meu útero não estava. Só que agora, Carlos Henrique, agora tudo melhorou. Voltei a ter uma vida normal, sem problema nenhum... Tudo perfeito. Entendeu?

Maria Cândida passou a mão na cabeça de Carlos Henrique, bagunçando o cabelo ainda mais.

Carlos Henrique sorriu com o canto dos lábios.

E ganhou um beijo da Maria Cândida.

A FUGA

Quando Luana chegou da praia, furiosa que só vendo, correu para o quarto e trancou a porta. Não, não se conformava. E por isso mesmo decidiu que não abriria para ninguém nunca mais. Clarice bem que insistiu, não sabia o que tinha dado na menina de repente. Em vão.

Luana abriu uma das gavetas do armário, pegou o caderno, a caneta e começou a escrever a história. Só começou, não conseguiu terminar. Nunca conseguia porque toda a vez acontecia a mesma coisa: a cabeça voava e logo ia imaginar um pensamento que já conhecia bem. Porcaria.

No dia seguinte, pouco depois do café da manhã, Luana fugiu.

Foi preocupação, corre-corre, desespero, isso porque ninguém sabia que tinha sido uma fuga.

Vai que fosse sequestro, pai rico, empresário, já tinham investigado a vida da família, feito campana, ah, meu Deus, ninguém tem sossego nem numa praia mais, onde é que a gente vai parar.

Só que não foi nada disso. Luana fugiu mas voltou logo.

– Luana! Quer matar a gente do coração, menina? Por que não avisou, por que não falou, sua mãe está desesperada andando pela praia, eu já ia ligar para o corpo de bombeiros...

– Credo, Clarice! Eu nem saí daqui de casa!

Clarice respirou fundo, colocou uma mão no peito, respirou de novo e de novo. Já estava mais calma, ainda bem. Então reparou.

– Seu amigo?

Luana olhou para o lado e sorriu balançando a cabeça afirmativamente.

– Este é o Samuel, Clarice. Aquele menino de quem eu falei, lembra?

– Oi – ele cumprimentou, tímido.

– Você é o filho do Sebastião?

– Sou, sim.

– Hmm, que belo rapazinho... Ah, meu Deus! Preciso avisar sua mãe que você já está aqui!

– A minha mãe foi me procurar na praia, é?

– Foi. Deve estar andando pela orla feito barata tonta, coitada.

– Ela detesta sujar o pé de areia.

– Para você compreender o tamanho do desespero dela.

– Acho que foi bom, Clarice.

– Que bom o quê, menina? Nem diga uma bobagem dessas!

– Vai que ela gosta. Aí pode ficar tomando sol lá embaixo, entrar na água, se divertir...

– Você fala cada uma, Luana. Nem brincando você suma mais, ouviu bem? Eu vou procurar sua mãe.

Luana olhou para Samuel. E Samuel olhou para Luana.

– Tem certeza de que sua mãe não vai brigar comigo?

– Brigar por quê?

– É que o meu pai sempre fala...

– Seu pai não sabe, eu é que sei. Vem brincar.

– Tá bom.

– Quer entrar na piscina enquanto elas não chegam?

– Eu posso?

– Lógico, né! Se eu tô convidando!

– Então, tá.

Quando Sílvia chegou querendo conferir tudo nos detalhes, e os detalhes eram a filha sã e salva, viu Luana na piscina. E o menino.

– Quem é, Clarice?

– Ah! Nessa confusão toda até me esqueci de falar. É o filho do Sebastião, a Luana chegou com ele.

– Nem sabia que o Sebastião tinha filho pequeno.

– Tem, sim. Ele mesmo me contou, acho que nem foi dessa vez... é, não foi mesmo. Foi da outra ainda. O menino é muito bonzinho, fica sempre na casa deles ou então brincando ali perto, nos fundos, nunca vem aqui.

– Mããããe!!!

Sílvia olhou a filha dentro da água.

– Vem conhecer o Samuel, mãe!

Ela se aproximou.

– Luana, como é que você some assim, sem avisar nem nada, minha filha! Quer matar a gente de preocupação?

– Este aqui é o Samuel, mãe. Meu amigo.

– Oi, dona Sílvia.

Sílvia olhou o menino, só a cabeça fora da água. Os cabelos castanhos, curtinhos, brilhando debaixo do sol quente, a pele morena, o rosto coberto de respingos, os dentes bem brancos, à mostra no sorriso.

– Oi, Samuel. Tudo bem?

– A-hã.

– Ele veio brincar comigo, mãe. Agora vem todos os dias. A gente vai na praia e vai fazer buraco e vai fazer castelo e vai brincar no mar. Ele disse que gosta de praia, mas se gosta por que não vem, não é mesmo?

– Ah, mas eu vou, sim. Só que eu vou mais pra lá – e mostrou com a mão.

– Agora não vai mais pra lá – resolveu Luana –, vem mais pra cá. É isso. Mais pra cá.

– Então, tá.

Luana sumiu no mergulho, varou para o outro lado feito peixe arisco. Samuel foi atrás e acabou surpreendido pela água que Luana espirrava de propósito. Ele passou a mão no rosto e logo depois copiou o gesto da amiga, a mão em concha, o vai e vem na superfície.

Virou uma guerra de água que só teve trégua quando Luana mergulhou de novo, passando por baixo de Samuel, indo parar na outra ponta. Era tão rápida a menina! Daria boa nadadora se quisesse.

Sílvia olhava a filha e pensava que nunca a tinha visto tão feliz. Pelo menos, na casa de praia. A casa de férias da família.

– Eu vou subir, Clarice. Estou muito cansada.

Clarice balançou a cabeça algumas vezes, concordando. E parou de repente porque tencionava fazer uma pergunta, algo do tipo "o que foi que a senhora disse?" ou "falou comigo?", pois jurava ter ouvido mais alguma coisa, uma ordem, por exemplo.

E foi então que Sílvia falou mais alto:

– De tudo! De tudo!

E Clarice fechou a boca, compreendendo.

Não, não era mesmo com ela.

Foi dois anos depois, quando Luana estava perto de completar dez anos.

– Clarice, me ouve. Você não precisa ir. Pode ficar aqui descansando, sei que tá cansada, quer tomar um banho, relaxar...

– Ah, você sabe? – a mulher deu um sorriso.

– Claro! Clarice, eu já cresci, parece até que a minha mãe e meu pai não perceberam. Mas você, você sabe que eu cresci.

– Pelo jeito, está querendo me dispensar. É isso.

– NÃO! Claro que não, Clarice! Nem vou deixar eles dispensarem você. Nunca!

– Ah, que bom. Então, quer dizer que eu tenho emprego garantido até...

– Até eu ficar bem velhinha.

Clarice soltou uma gargalhada.

– Essa é boa! Quando você ficar bem velhinha eu estarei como?

– Ah, não importa. Eu cuido de você se precisar.

O olho da Clarice ficou pequeno e a cara rosada mais rosada.

– Você não existe, Luana – e abraçou a menina, os olhos lacrimosos.

– Existo, sim – Luana soltou-se do abraço e encarou a mulher. – Agora presta atenção.

– Fala.

– Eu vou chamar o Samuel e a gente vai dar uma volta pela praia. Ninguém vai entrar na água, não se preocupe. Eu juro. Nós vamos só andar, olhar pra esse céu lindo, esse sol lindo que já tá indo embora, não vou nem passar protetor solar...

– Ah, vai sim.

– Tá bom. Aí nós vamos... vamos conversar, Clarice! Tô morrendo de saudades dele! Desde as últimas férias... ele é tão legal, a gente se diverte tanto, mas tanto! Eu tenho um montão de coisas pra contar. Sabe, Clarice, nós ficamos muito amigos, amigos do peito, de contar segredos.

– Ah, é?

– É, sim.

– Luana, não sei se os seus pais vão gostar. Seu pai mal terminou de descarregar a bagagem...

– Ele nem vai ver. Fala que eu fui tomar banho.

– Não vou mentir, não senhora.

– Ah, mas o que tem de mais eu dar uma volta sozinha pela praia? A gente vai ficar por aqui mesmo, em frente de casa. Clarice! Eu não sou mais nenhuma criancinha!

– Então eu vou falar isso. Que você foi dar uma volta pela praia com o Samuel, o filho do caseiro.

– Tudo bem.

– E que não vai se distanciar da casa.

– Tá.

– E que volta logo. Antes de escurecer, é óbvio.

– É óbvio.

Luana deu um beijo estalado em Clarice e saiu correndo. Estava tão apressada, puxa vida! Passou voando pelo pai, pela mãe e pegou o rumo dos fundos da casa, até encontrar a outra, a do caseiro. A porta encostada. Deu três toquinhos com os nós dos dedos. Tomou distância. Aguardou. Que demora.

Uma mulher apareceu. Naturalmente alguma tia do Samuel. Ele sempre falava que de vez em quando a irmã do pai dele vinha fazer visita.

– Oi. Eu sou a Luana, filha do Leandro. Nós acabamos de chegar...

– Oi, Luana! Como você é bonita!

– Obrigada. A senhora pode chamar o Samuel pra mim?

– Samuel...

– O Samuel.

– Samuel?

– Isso.

Como a mulher não desfazia uma cara de ué e Luana não estava compreendendo o porquê da cara de ué, a menina resolveu acabar logo com aquela agonia.

– Seu sobrinho! Samuel!

– Meu sobrinho?

"Mas que doideira é essa?", pensou Luana. "Será que essa mulher é biruta?"

– Eu não tenho sobrinhos, minha querida. Aliás, nem filhos. Somos só eu e meu marido.

– O quê?

Agora não era só a conversa que estava doida. Luana estava. Atordoada. Ainda assim, tentou recapitular alguma coisa que provavelmente se perdera no caminho.

Foi falando, devagar:

– O Samuel, filho do Sebastião. A senhora não é parente deles?

– Sebastião, Sebastião... Ah! O Sebastião!

Graças a Deus! Que sacrifício para lembrar nomes! Ela deveria ter algum problema sério de memória, coitada.

– Então...? – aflita.

– O Sebastião não mora mais aqui.

– O quê?! Como assim?

– Ele se mudou faz dois meses, nós é que somos os caseiros agora. Eu, Marinalva – ela colocou a mão no peito a fim de se apresentar –, e meu marido Josmar.

– Mas como é possível isso? Pra onde é que ele foi?

– Pra onde exatamente eu não sei. Só sei que, parece, aceitou o convite do irmão para dividirem um barco de pesca. Ele e o filho mais velho vão trabalhar juntos com esse irmão. E aí a família toda se mudou. Pra que cidade mesmo...? Hmm... o Josmar deve ter me falado, mas... ou não falou?

Luana foi ficando meio pálida, meio mole, atordoada ainda mais, a Marinalva até ofereceu ajuda, mas só deu tempo de a mulher pronunciar quatro palavras – quer que eu chame... – e Luana nem estava mais ali, já tinha corrido, voado, lágrimas encharcando o rosto, molhando as pontas dos cabelos que voavam junto e vinham parar no olho, na boca.

E assim Luana atravessou o jardim, um desespero; desceu as escadas de dois em dois degraus, uma pressa; correu pela areia, uma loucura; e somente depois de sentir o peso das pernas, quando elas não aguentaram mais o esforço tremendo de tanto correr pela areia fofa, foi que a menina parou de repente, tombando feito um saco de batatas.

Se quisesse, o mar seria só dela.

E era isso o que acontecia nos meses de inverno, quando a praia ficava deserta e o deserto fincava doído no coração.

Entretanto, não era isso o que Luana queria. Talvez até fosse, mas só bem no comecinho, no princípio de tudo. Não agora.

Tudo o que mais queria era. Já tinha escrito assim num caderno, várias vezes até, feito título de redação. Tudo o que mais queria era ponto. Dois-pontos. E a lista ficava difícil de sair.

Tinha gente, sabia, que ia encher linhas e linhas, parágrafos inteiros despejando vontades. Mas acontece que Luana não tinha páginas de desejos. Não dava tempo de desejar. E se havia algum lá dentro, lá muito escondido, só foi entender mais tarde.

MAIS TARDE

Coisa melhor não havia. De jeito nenhum.

A areia macia e tão branca, a água engolindo o sol mais adiante e ele ali, de bermuda e camiseta, um vento forte a lhe trazer frio.

Não. Nem vento nem frio. Era a brisa do mar que agora e então e finalmente e... nossa. Eram muitas palavras, muitos *ês*, um exagero. Mas era um exagero o que estava sentindo. Porque só agora estava conhecendo de verdade. O mar.

Os braços entrelaçaram as pernas e as coxas se acostaram no peito. Enterrou os pés na areia úmida, respirou profundamente e sentiu. O perfume. Coisa boa, fala a verdade? Se é, se é...

Carlos Henrique avistou um navio próximo à linha do horizonte. Que fascínio por navios e barcos! Pena nunca ter pisado em um.

Bom. Em termos. Conheceu o Nautilus, o submarino de *Vinte mil léguas submarinas*, e seu destemido capitão Nemo. Também viajou com a tripulação de um navio desbravando os mares, enfrentando os perigos, enredando a própria história na dos personagens do livro, costurando tudo com o mesmo fio e agulha, enfiando todos os sustos e temores na mesma página, na mais completa miscelânea. Amava navios. Como amava. Por isso, se nessa hora aparecesse algum barquinho para levá-lo até lá, não pensaria duas vezes. Iria junto, não queria nem saber.

A uma certa altura, Carlos Henrique abandonou navios e sonhos e virou a cabeça para o lado.

Viu uma menina.

Sentada na areia feito ele, tão pertinho.

Engraçado. Será que ela já estava ali quando ele chegou? Não tinha reparado. Também, praia lotada, gente por toda parte disputando um pedacinho de lugar... Agora, não, nem o sol estava mais ali, só um risco vermelho no céu, confundindo o azul.

Mas a menina estava.

Sozinha.

E escrevia alguma coisa na maior atenção.

Que rosto mais bonito, uma graça, um encanto. Seus cabelos eram jogados para trás a todo instante por causa do vento. De vez em quando, ela procurava rapidamente tirar alguns fios do canto da boca, ora com a mão, ora sacudindo a cabeça. E os cabelos se embaralhavam e embaralhavam a cabeça de Carlos Henrique.

Ele olhando.

E ela escrevendo e escrevendo.

Que tanta concentração era aquela? O quê?

Pensou em mudar de lugar, chegar um tantinho mais perto, assim, como quem não quer nada, mas vai que levasse um tremendo fora por interromper a tal escrita!

Eram muitas e variadas dúvidas, por isso Carlos Henrique decidiu que ficaria só olhando, de longe mesmo. Nem era tão longe assim, algo em torno de uns dois passos, por aí.

Só que, acontece, a menina percebeu. Às vezes ela tinha disso, sensação de que está sendo observada. Às vezes desagradável. Outras, não.

E Carlos Henrique precisou novamente decidir. Ou não olhava nunca mais e ia embora e assunto encerrado ou então encarava o olho no olho e fazia alguma coisa para não parecer o maior bobo ou então o maior mal-encarado.

Sorriu. Muito discretamente.

Ela fez o mesmo.

Ele tomou coragem e prosseguiu, supertímido:

– Oi.

– Oi.

E a menina voltou a se concentrar no caderno.

E Carlos Henrique voltou a olhar na direção do navio.

E antes que escurecesse de vez, a menina se levantou, bateu as mãos na bermuda sacudindo a areia, tirou da boca alguns fios de cabelo e voltou para casa.

PELA MANHÃ

Carlos Henrique abriu os olhos e ouviu o silêncio. Descobriu que era cedo. Devagar, sentou-se na cama, permanecendo por alguns minutos na mesma posição, as pernas dobradas, os olhos não mirando lugar nenhum, ele mais parecendo um morto-vivo.

Abriu a boca, bocejando demoradamente e dando uma boa espreguiçada. Olhou para o lado. João Paulo ainda dormia, roncando feito um liquidificador.

Foi até a janela e empurrou, deixando uma frestinha. Lembrou-se de ter ouvido a chuva durante boa parte da noite. As ruas de terra estavam encharcadas, havia poças de água por todos os cantos.

Fechou a janela e foi até a cama do João Paulo. Deu um cutucão.

– Ei! Vamos na praia?

– Hã...?

– Vamos na praia?

João Paulo abriu só um olho. Levantou-se e, aos tropeços, foi dar uma espiada no tempo. Voltou para a cama.

– Tá biruta, Carlos? Me deixa dormir.

Carlos Henrique não gostou:

– Da próxima vez, deixo você em casa!

– Tá.

Silêncio. Novamente o ronco do liquidificador.

– João Paulo!

– Hã...?

– Sabe quem eu vi na praia ontem enquanto você jogava bola?

– Hã...

– Uma menina tão linda... Você viu? Ela estava sentada do meu lado... não, você não deve ter visto, estava concentrado no jogo. Ela era linda e... João Paulo! Quer parar de roncar?

João Paulo se sentou na cama, esforçando-se para enxergar o amigo. Abriu os olhos só um pouquinho, pela metade. Os cabelos se assemelhavam a um porco-espinho.

– Carlos, depois a gente conversa, tá bom? Depois.

E, mais do que depressa, enfiou-se debaixo do lençol.

TEMPO INSTÁVEL

Nem sinal do sol. As muitas nuvens que se moviam em direção aos morros acinzentavam o céu. Mas isso não tinha a menor importância. O que Carlos Henrique tinha era pressa.

Deu uma boa volta pela praia olhando tudo. Algum tempo depois, largou a camiseta e o chinelo em um lugar qualquer e foi para a água.

O mar estava mais agitado, as ondas maiores, a maré que descia tentava arrastar tudo para o fundo. Carlos Henrique se esforçava para manter-se em pé e não se deixar levar. Mergulhou assim que uma onda apareceu e, logo em seguida, emergiu num pulo de golfinho, balançando a cabeça e esparramando os cabelos com as duas mãos.

O gosto de água salgada era o melhor de tudo.

Foi para a areia onde deixara as suas coisas e se sentou em cima do chinelo. Que falta lhe fazia uma toalha, mas agora... Passou as mãos pelos braços e pernas e olhou. Para cá e para lá.

Deveria ter falado mais que oi. É, deveria. Agora não conseguiria encontrar a menina, um lugar enorme desses, seria muita coincidência. Ainda mais depois de uma noite chuvosa, uma areia molhada, um céu nublado, um tudo indicando que o melhor a fazer era ficar em casa dormindo e aparecer na praia muito, muito mais tarde. Isso se fosse aparecer, quem sabe.

Mas.

Coincidências existem.

Destino, sina, programação divina. Que seja. E que bom.

Nessa hora, Carlos Henrique sentiu um pingo. E depois outro. E mais outro. Epa. Chuva justo agora?

O garoto ouviu uma voz:

– Ei!

Vinha de trás. Seria com ele? Olhou. Uma menina acenava lá do comecinho da praia. Era ela. Certeza.

A menina deu só alguns passos, apenas o necessário para ficar um pouco mais perto e gritou:

– Não quer se esconder da chuva?

Carlos Henrique nem pensou, já foi pegando camiseta e chinelo e partindo numa corrida.

Mas esconder-se onde, ora essa? A menina estava debaixo da chuva igualzinho a ele!

– Vem – ela disse. E começou a subir os degraus que surgiam ainda na areia.

Carlos Henrique estranhou.

– Você mora aí?

– Só nas férias. Corre! A chuva tá aumentando!

E ele correu.

Atravessaram o jardim, passaram pela piscina, linda como ele nunca vira antes, e chegaram até uma área coberta.

– Ufa! Por pouco. Olha só como aumentou, eu não disse?

– É.

Carlos Henrique estava se sentindo muito estranho, acanhado e sem assunto.

– Você se lembra de mim, não lembra? – ela perguntou, um tanto desconfiada.

– Ah! Lógico que eu lembro! Desculpa essa minha cara, deve estar esquisita.

– Tá mesmo.

– Mas não é por sua causa, quer dizer, acho que foi pela surpresa e... bem, como é seu nome?

– Luana. E o seu?

– Carlos Henrique.

– Legal.

A menina estendeu a mão e Carlos Henrique ficou um tempo segurando-a. Tempo além do necessário, mas, nossa, que sensação mais gostosa era segurar a mão da Luana.

E Luana foi puxando conversa e mais conversa. Foi falando que era filha única, que tinha treze anos e que até os onze tivera uma babá, mas que não era mais babá havia muito, muito tempo, e sim mãe-irmã-amiga-tudo-junto. Contou que a mulher tinha botado na cabeça que não precisavam mais dela, então o próprio pai de Luana acabou indicando a Clarice para um outro emprego, o que rendeu a ele um "não falo com você nunca mais, você não podia ter feito uma coisa dessas comigo".

E Carlos Henrique emendou a conversa dizendo que também era filho único, que João Paulo, seu melhor amigo, tinha vindo junto com ele passar uns dias na praia e que só agora, aos treze anos, estava conhecendo o mar. Contou que era louco pelo mar e isso desde muito pequeno, desde antes de conhecer, só de imaginar, nem tinha muita explicação para tudo o que sentia, mas quem disse que para tudo na vida tinha uma explicação? Ah, também e, se desse, queria estudar Biologia Marítima ou Oceanografia ou então alguma coisa parecida que talvez ainda fosse descobrir.

– O que você escrevia ontem... – ele perguntou, já mais à vontade. – ...tão concentrada... Uma carta?

Carlos Henrique pensou mesmo que fosse uma carta. Um namorado distante, linda do jeito que era só poderia ser namorado mesmo. É lógico.

– Carta? – achou engraçado, até riu. – É um romance – explicou. – O meu primeiro. Já escrevi outras coisas antes, desde pequena gosto de escrever, mas agora me deu vontade de tentar um romance. Vamos ver.

Depois de uma pausa, a confidência:

– Quero ser escritora.

– Puxa! Nunca conheci uma escritora.

– Ainda não sou, vou ser.

– Mas se já está escrevendo!

– É, pensando por esse lado... Você gosta de ler?

– Gosto, sim.

– Romances?

– Aventura, gosto mais – e emendou rapidamente a próxima frase, procurando desfazer qualquer possível mal-entendido. – Mas quando seu livro for publicado tenho certeza de que eu vou adorar.

– Como é que sabe se nunca leu uma linha do que eu escrevo?

– Ah, pelo seu jeito.

– Acha que eu levo jeito?

– Eu acho.

– Tá só querendo me agradar.

– Não, eu juro que não.

Luana olhou nos olhos de Carlos Henrique. Carlos Henrique olhou nos olhos de Luana. Clima de alguma-coisa-no-ar-acontecendo.

Poderia ser seu personagem principal ele. Tinha um ar romântico, sincero, desses de você logo conhecer, gostar e se apaixonar.

Mas ela… ai, não. Não iria se apaixonar por alguém que tinha acabado de conhecer, que nem morava na sua cidade, que talvez nem fosse ver nunca mais.

Mas acontece que se apaixonou.

Carlos Henrique ainda não sabia, mas já estava apaixonado desde antes, desde que tinha botado seus olhos nela, na praia. Naquela linda menina que escrevia um romance sentada na areia de frente para o mar.

Se falasse isso ao João Paulo, o amigo lhe diria que essas coisas de amor à primeira vista não existiam. Era coisa de menina ficar inventando sonhos.

Só que Carlos Henrique sempre foi de inventar uma porção de sonhos desde criança.

E agora inventaria mais um.

DE VOLTA À PRAIA

Quando a chuva cessou, os dois saíram para dar uma volta. Caminharam pela praia sem pressa, conhecendo-se e falando tanta coisa.

O espaço agora era dividido entre vendedores que chegavam com seus carrinhos e turistas esperançosos de sol; pessoas andando de um lado para o outro, jogando frescobol ou então correndo. Aos poucos, a praia ia ficando com cara de praia em temporada de férias.

Num certo momento, Luana fez a pergunta:

– Quando é que você vai embora?

– Amanhã.

– Já? Mas as férias ainda estão na metade!

– Meu pai trabalha na segunda-feira.

– Ah...

E esse ah ficou jogado no ar durante um bom tempo porque Carlos Henrique não encontrou um modo de emendar a conversa. Na verdade, não sabia o que dizer, mal conseguia compreender seus sentimentos em ebulição, quase um sufoco.

E, de repente, e por isso mesmo, sentiu-se meio perdido. Nas palavras, nos gestos, até as mãos pareciam ter sobrado de uma hora para outra, porque a vontade que lhe apareceu foi a de pegar na mão da Luana e então andarem por aí, feito namorados.

Mas nem pensar.

Nunca teria coragem de fazer uma coisa dessas.

Impossível.

Carlos Henrique encontrava-se tão confuso e absorto, que Luana viu-se obrigada a lhe perguntar pela segunda vez:

– Vamos sentar aqui um pouco, Carlos?

– Ah, vamos, sim. Desculpa, Luana, eu estava distraído.

– Percebi. Logo eu preciso voltar, minha mãe fica preocupada achando que eu sumi. Ela é tão exagerada, você nem sabe.

– Meus pais também já devem ter se instalado em algum canto. Só não sei o João Paulo, aquele dorminhoco. Mas não tem problema, depois eu procuro, avisei que vinha antes.

Silêncio.

– Eu quis vir antes... Bom...

– Fala.

– Eu quis vir antes pra ver se te encontrava de novo.

Luana sorriu.

– Foi uma sorte ter visto você naquela hora – ela disse.

– É. Foi.

Depois de uma pausa, a menina prosseguiu:

– Que pena você não ficar mais, Carlos. Logo volta pra sua cidade, eu volto pra minha e adeus, é só o que nos resta.

Carlos Henrique não conseguiu conter o riso.

– Isso é coisa do seu romance?

– Quem sabe... – e fez uma cara misteriosa. Depois, ficou séria. – Mas é assim mesmo que acontece. Eu sei.

– Por que tá dizendo isso?

– Uma vez tive um amigo que também foi embora. Ele morava na casa dos fundos da minha, era filho do Sebastião, o nosso caseiro.

– E foi embora pra onde?

– Não sei. O Samuel não se despediu. Partiu quando a minha família estava em São Paulo. Meu pai também não me falou nada. Aliás, por que é que ele ia se lembrar de me contar uma coisa como essa, não é mesmo? – Luana deu um suspiro. – Sinto saudades do tempo que nós brincávamos, corríamos pra cá e pra lá, nadávamos juntos... – outro suspiro.

Carlos Henrique colocou a mão em seu braço.

– A gente se escreve, Luana – ele disse.

– E marca um encontro – ela continuou.

– Você vai em casa, eu vou na sua.

– Nem é tão longe assim, analisando bem.

– Poderia ser pior.

– Pensou se fosse no Japão?

– Ou no Polo Norte? Aquele monte de gelo e nós dois ali, tremendo, brrrrrrr!!!! Põe isso no seu romance.

– Seu bobo!

E caíram na risada.

A risada foi se acabando, acabando e os dois ficando meio sem-graça. Ou meio sem jeito.

Foi Luana quem retomou a conversa:

– Quando eu era pequena, ficava o maior tempo do mundo só olhando lá pra frente, pro horizonte, imaginando o que teria depois, como é que seria a vida lá, se igual, diferente...

– Sonhava com navios?

Carlos Henrique era um obcecado por navios, como já sabemos.

– Já viajei de navio.

– Nossa, deve ser legal à beça! Quem dera eu pudesse um dia...

– Sabe, Carlos, queria ser igual a você.

– Por quê? – ele estranhou.

– Ter um montão assim de desejos: quero conhecer o mar, quero viajar de navio, quero fazer Biologia Marítima, Oceanografia...

– Mas você quer ser escritora, isso não conta?

– Conta muito.

– Então?

A menina ficou pensativa.

– Antes eu escrevia sempre a mesma história. Era até engraçado, uma falta de assunto eu acho, ideia fixa, essas coisas.

– E como era a história?

– Falava de uma princesa muito sozinha num castelo abandonado.

– Parece triste.

– E era. Ela também sentia muito medo.

– Medo da morte?

– Você tem medo da morte?

– Quando eu era pequeno tinha medo de perder a minha mãe.

– Todo mundo tem medo de perder a mãe. Você já se sentiu sozinho alguma vez?

– Quem nunca se sentiu?

Silêncio.

– E o seu romance?

– Que é que tem?

– Ainda é sobre uma princesa num castelo?

Luana moveu a cabeça de um lado para o outro.

– E é sobre o quê, então?

– Sobre uma menina que não tinha desejos. Que tudo o que mais queria na vida era poder desejar.

– Hmm...

Depois de um instante, Carlos Henrique chamou:

– Luana.

– O quê?

– Você vai ser a escritora mais linda do mundo.

Carlos Henrique aproximou sua mão do rosto de Luana e sentiu como se a vida inteira tivesse esperado para tocar um rosto assim. Jogou para trás os cabelos da menina e foi se aproximando, aproximando, até ficar bem perto. Sentiu o perfume, Luana e mar, mar e Luana, a respiração dos dois agora se confundindo numa só, o coração acelerando mais e mais, as mãos suando e um frio na barriga que só vendo.

Quando as bocas se uniram, o gosto do beijo foi o melhor de tudo.

Tudo o que mais queria

Pensava no Carlos Henrique e o papel e a caneta ficavam imóveis na mesinha de centro. Queria relembrar o entardecer na praia e escrever tudo para ele. O quanto foi importante. O quanto sentiu. O quanto aquele beijo tinha sido bom e especial.

A menina vai até a janela, espia o mar, volta, senta-se no sofá e retoma a caneta e o papel. Era engraçado. Escrever cartas era engraçado.

Falaram disso quando estavam sentados na areia, conversando.

– Querida Luana.

– Você está brincando comigo?

– Não. Estou ensinando você. O começo é assim: Querida Luana.

– Não seja bobo, Carlos. Eu sei como começar uma carta. Caro amigo Carlos. Prezado Carlos. Senhor Carlos.

– Querido Carlos.

Luana sorriu. Carlos Henrique também.

– Eu sei, só tô brincando. Você é querido. E é namorado, se quiser.

Deitou a cabeça no ombro dele e ambos deixaram os olhos fisgarem o horizonte. Carlos Henrique falou outra vez em navios, que adorava, e por isso gostava tanto de ler *Vinte mil léguas submarinas*.

– E os romances?

– Vou deixar para ler os seus.

Luana trouxe os pensamentos para dentro da sala, as grandes janelas de vidro mostrando o céu e o mar. Ainda podia sentir o cheiro do rosto de Carlos Henrique, dos seus cabelos e mãos, incrível isso, tudo ficara grudado em sua pele parecendo luva. Resolveu começar.

Mesmo que não ficasse com cara de carta, não daria a mínima bola porque não tinha mesmo que ter cara de nada. Por isso não começaria nem com caro amigo, nem com prezado e deixaria para colocar o querido lá pelo meio, onde desse mais vontade e pronto.

Falaria do beijo, do abraço gostoso, do horizonte, do navio e do seu romance. Falaria sobre o que quisesse. E, em primeiro lugar e bem no meio da folha, feito título de redação, escreveria assim:

Tudo o que mais queria era. Ponto. Dois-pontos. O amor.

Nota: *sei que nesses tempos de internet ninguém mais escreve cartas, você pode até achar estranho, mas foi assim mesmo que eu e o Carlos Henrique continuamos a nossa história.*

Luana

Nota: *a Luana sempre foi muito exagerada, deve ter puxado à mãe, porque é óbvio que muita gente ainda escreve cartas. Conheço uma porção.*

Carlos Henrique

A AUTORA

Moro em Americana, São Paulo, sou graduada em Letras e há alguns anos venho me dedicando exclusivamente à literatura, não só escrevendo como também conversando com leitores de muitos lugares diferentes. Meu primeiro livro foi lançado em 1998 e hoje são dezenas de livros publicados.

Uma história nem sempre surge da mesma maneira, às vezes ela começa sem que eu programe nada. A emoção vem forte, o personagem vai nascendo de um jeito bem à vontade e eu vou deixando. Sim, deixando, porque há personagens que gostam de se sentir à vontade. Então, ele vai amadurecendo, ganhando vida, mostrando defeitos e qualidades, erros e acertos, vai encarando os desafios, lidando com vitórias e derrotas, enquanto eu também vou procurando saber mais sobre ele, o que ele quer e o que veio fazer. Às vezes é ela. Às vezes são os dois.

Luana e Carlos Henrique foram se mostrando aos poucos, dizendo-me quais seriam as suas dúvidas, os seus medos, os sentimentos mais secretos. São dois personagens aparentemente muito diferentes, mas só aparentemente porque, conforme você os conhece melhor, envolve-se com o jeito de cada um, descobre que tudo o que parecia tão diferente de uma hora para outra se torna até bem igual.

E isso não causa espanto porque, se você analisar bem, aquele menino lá longe gosta das mesmas coisas que você; aquela menina do seu lado fica chateada igualzinho você fica; aquele seu amigo tem hora que se sente tão sozinho, e é incrível como você consegue compreendê-lo, porque é exatamente assim que você se sente às vezes.

Se você analisar bem, Carlos Henrique e Luana são como qualquer um de nós.

Tânia Alexandre Martinelli
www.taniamartinelli.blogspot.com

Impresso sobre papel Offset 90 g/m^2
Foram utilizadas as variações da fonte ITC Stone Serif.